辻　憲句集

目次／辻　憲句集

B面の歌

啓蟄や虫の挨拶あっちこち

中ジョッキことりと置いて四月馬鹿

初恋の放課後蝌蚪のひしめいて

亀鳴くや少年探偵団消えて

わかさぎの魚拓残りし空家かな

早春の海の底にもある微笑

「さようなら」明朝体の春淡し

文庫本ひらりとめくる春の風

たんぽぽや溶接火花ふいに止む

各駅に春なだれこむ外房線

田楽や空のあふるる田圃かな

野遊びをじっと見ている小さな目

春の野を砕いて宙のひと還る

日溜りに鰐乾きゆく余寒かな

天気予報はずれて猫の恋模様

春一番Gパン試着して去りぬ

手品師の紐をとりだす春の空

ヴィーナスの臀たんぽぽの上空に

ときめきや風船破裂したる空

春の星床屋のあとの寒き首

春の雷舗道に豹の翻る

青空やしづかに凧の狂いだす

永き日やふいに食器の割れる音

畝から畝モンローウォークの種袋

ピンホールカメラに全校生うらら

永き日や千円床屋に爺と婆

原発や今日も荒布はゆるく立つ

春日傘くるくる谷中等高線

晩春の母よ重力圏内に

ランナー群八十八夜の星蹴って

骨格も色めき立つや二月尽

素っぴんの言葉こぼれる春日傘

梅の香やキリンの首のしなう夜

春風を頬ばる洗いたてのシャツ

摘草をしたところから夜の闇

燦燦と工場稼働春の宵

校庭を剝せば朧なる地球

人体や穴のいくつか春の闇

映画館出て春昼に放たるる

試験管から鶯の初音かな

春の昼ラムネの玉の転ぶ音

枕並べて蜃気楼めく家族

大朝寝覚めたらいない貨物船

新任は自転車でくる春嵐

啓蟄や向う三軒両隣

近づけばふいに歌止む春の山

B面の歌聞いている日永かな

少女みな卒業公演メイクして

木木にみな起立している春の水

桜散る少女ひらりと一輪車

春風の吹き抜けてゆく動物園

大仏の肌しんしんと黄砂降る

落第とされて冥王星の黙

花冷の交番横の顔写真

夕桜木歩に遠き花川戸

切株に魔法瓶立つ遅日かな

猫の影のそりとよぎる春障子

屑籠に百発百中安居の忌

しゃぼん玉歯を喰いしばることもなく

行く春や父そっくりに減る踵

風光る再審決定掲げきて

木瓜の花駒音たかく第一手

駅ふたつ歩く二人に春の宵

美人からたぶん移った春の風邪

春帽子かぶされ迷惑顔の犬

きみのシャツ春一番にふくらんで

猫の子のぞろりと顔出す火宅かな

亀鳴くや美人にヒゲの伸びるころ

ランドセル春泥つけて戻りけり

梅の香やビール整列して沈む

啄木の歌碑もぬらして春の雨

春一番稽古まわしを泳がせて

枕から寝癖賜る新入生

春の駅舌だすように領収書

引力を蹴とばしてゆく晴れ着の子

春風や象の花子の生きた檻

のどけしや出船おおきな弧を描く

春の蝶だあれもいない校庭に

伸び縮みして遠足の列通過

同郷の犬の眠りに小鮎跳ね

たんぽぽに急接近の犬の鼻

かえるの子手の平にのせ少女倦む

名画座のかたちに蔦の芽生えおり

蔦の芽にくすぐられてる寝釈迦かな

青春切符

イタリアのおんなのくちびる虎魚雲

くちびるよ処女航海よ夏真昼

二日酔い歯にしみとおる蛇いちご

飛行機雲蠅取りリボンしんとして
はつなつの乳房たわわの六区かな
ころがりし蟬の目に一粒の空

千の絵をかいて利行のはだしかな

竜骨とはまひるがおは天の底

黒揚羽ゆらりとよぎる午睡かな

一滴のプール飛び込む蟻の穴

叫ぶ口のまま浴びている夜のシャワー

黒こげの自転車立てり晩夏光

テロップは自爆テロ冷奴待つ

蟬時雨やわらかなくち氷砕く

子の机はこびし後の青畳

コンテナ船から風鈴の遠き音

帰りきて父きらきらと小鯵釣り

風鈴や空母ゆがめている硝子

鍵拾うプールの底の森閑と

地球より大き穴ある夏の果て

木耳や月のひかりに漂わず

六月のバケツに天の水の音

恐竜の歯を眠らせて雲の峰

晩夏光密かにはしゃぐ橋の裏

仰向けの蟬荘厳に運ばれて

初対面息はずませて雨蛙

バリカンに無口となりし夏の果

力石の右ストレート雲の峰

祝祭のごとく曳かれし黒揚羽

萌えいづる若葉に網膜剝離して

活字箱「徽」ひっそりと定位置に

師の歳を越えて氷菓を舐めている

万緑や羽ばたきそうな肩甲骨

夕立にもう一合の六区かな

莢豌豆飛び乗る女性専用車

青蠅のずしりと止まる昼餉かな

百字でも余る自分史蟬しぐれ

核家族みな正座してちらし鮨

爺と婆擬態めいてる蚊帳の中

野心なきおとこ濃い目のサングラス

白日傘ぽつんと野外音楽堂

夏休み青春切符の老夫婦

ダービー馬老いて草食む裸身かな

はつなつの筆箱の音すれちがう

選ばれて蟇無重力空間に

殺される野犬閃く盛夏かな

原爆や赤子泣いても蓋とるな

こんこんと清水湧きでよ六日九日

千の耳いっせいに立つ青嵐

洗車機に虹生まれたてふるえおり

休園日象を見にゆく蟻の列

蚊柱に突っ込む別れたての彼

手で開けてお尻で閉める冷蔵庫

桐の花小石となって父還る

三社祭ビール冷たく沈みおり

昼寝覚眼下に地球青くあり

ホメロスを返却ポストに落とす夏

虹立つや小さきお尻に蒙古斑

夕端居かすかに極東放送局

枇杷の木の下で別れる一幕目

百日紅坂の途中に住む女優

新緑が見おろしている二人かな

ぺしゃんこの藪蚊現る聖書かな

宿六も死んだふりする猛暑かな

愛しあう二人に毛虫おりてくる

道草も挨拶もして蟻の列

商いの魚青青と立夏かな

梅雨晴れやパドックの馬粛粛と

夏祭りだんだんいなくなる同期

風薫るがらんどうなるこころにも
雲の峰瓦礫の街を見つめおり
夜の秋うっすら鼻緒の跡白く

夜の秋「けんかえれじい」また観てる
野いちごや小さな星のかくれんぼ

団栗訛り

虫の音や曳舟夜間中学校
鰯雲ヌードのまんま消えてゆく
鉄棒の鉄しんしんと夜学かな

月朧お化け煙突ありし空

満月や笑うことなきけものの眼

海見ゆるシルバーシートに鬼胡桃

億年を眠るトンボの寝相かな
梨かじるピント冥王星のまま
片方は梨シーソーに全詩集

流星や堕天使たちが降っている

鰯雲陸橋わたってゆく歯茎

玉蜀黍に古墳のごとき虫の穴

草虱いくつかつけて五回裏

電灯を消せば月光下の机

鳥兜とりだすパントマイムの手

秋立つやマネキンの眼は低気圧

隻眼の選挙だるまに小鳥来る

母国語でつぶやく秋の駱駝かな

数式に稲妻ひそむ五時間目

小鳥来る方程式の解けぬ窓

ずぶ濡れのバスから降りてくる檸檬

三塁として灯籠の暮れてゆく

栗飯を黙ってたべる変声期

ワイパーの音のみ灯籠流し帰路

リポビタンDの転がる駅の秋

夕されば鉄橋の鳴る花野かな

哺乳類ゆっくり歩く残暑かな

秋刀魚食う男しずかに自転して

青空の奥の暗黒とろろ汁

破り癖そのまま破る敗戦日

ホメロスに飽きて林檎の丸かじり

消印がひらりと舞って秋の蝶

小鳥来る臓器提供欄に○

薄紅葉いきなり出会う自衛隊

号外のあとしんしんと星月夜

秋日和むこうから来る嫌なやつ

絵日記はきょうもまっ白蚯蚓鳴く

ケータイに産声とどく花野かな

引力をじらして熟柿枝の先

青空の指紋のこして柿熟れる

十月のA－7出口雨の中

水平に尾がなだれ込む菊花賞

蓑虫をすこし揺らして消防車

道場の畳静もる良夜かな

遠花火はなし途切れて見ておりぬ

運動会一家総出のお重箱

紅葉踏む競歩の足も白バイも

秋高しポッカリ浮上の潜水艦

さまよって地球に帰る南瓜蔓

稲光射す犬小屋のがらんどう

新任は団栗訛りのいやなやつ

虫しぐれ部活の少女去りしあと

虫の音につつまれ野外音楽堂

片思い付かず離れず盆踊り

小沢信男先生は銀座生まれ

ポケットに焼栗いれて銀座の子

老猫のふと呟けるけさの秋

秋刀魚焼く海したたれば炎立つ

新涼や舳先が砕く太平洋

歌謡ショーはねて虫たち鳴き始む

秋風や百花園にもけものの道

ゆるキャラの衣裳なじんで秋の暮

蔦紅葉あれが木枯し紋次郎

星月夜うごく歩道を大股に

電車区に電車静もる良夜かな

昴まりてふと振り向けば月間近か

隅田川橋それぞれに秋の風

ライオンも市販の肉食う残暑かな

電気ブラン

兎とぶ沖を見ている彼をみている

冬うらら猫の尾たらす庇かな

新雪のごときアイロン掛けのシャツ

校庭に老いし兎の聖夜かな

コンビニのおでんに染みる除夜の鐘

ストーブの当番うれし学成らず

本郷の猫のふぐりのみぎひだり

颯爽と木枯らし来たる六区かな

鳩現れて梟消える絹帽子

抜きたての光つめたき冬大根

携帯の光ただようイヴの街

忘れられ独りで溶ける雪うさぎ

雪うさぎ警察官に溶けてみる

おでん煮ゆ電車の音はとうに止み

熱狂のあとの家路や冬銀河

海鼠めく体内時計の皮ケース

枯葉降る余白のような公園に

おおかみも義眼たまわりクリスマス

冬帽子冬帽子から遠ざかる

デジタルにときおりうごく冬の蜘蛛

タクシーを降りて新雪踏んでゆく

地球までひらりと散ってゆく枯葉

首飾り切れて散らばる聖夜かな

人参の鼻ややや傾ぐ雪達磨

センセイの渾名は柳葉魚たべてみる
尾で返事している日向ぼこの猫
四回転ジャンプおでんの湯気越しに

地球から大根引き抜く一年生

数え日や床屋買い出し墓掃除

一葉忌またコンビニがひとつ増え

大寒の妻が爪切る音高し

蜜柑剝くホラいま天使が通った

帰り花警察犬に嗅がれおり

凍星や娘義太夫正念場

電気ブランもう一杯と冬帽子

道問えば柳葉魚で示す彼方かな

殺し屋のように手袋嵌めてみる

冬晴れの影引き摺ってノーサイド

寒稽古うすく口紅さしており

怖ろしき人形芝居冬木立

マヌカンの眼の狂おしき聖夜かな

力士髷島田も混じる三の酉

あとがき

二〇〇四年三月、余白句会に誘われて、はじめて俳句をつくった。このときは、田中裕明夫妻がメインゲストで、私は見学者であったが、投句した三句のうちの一句に田中氏が「天」をつけてくださった。

啓蟄や虫の挨拶あっちこっち

田中氏のあたたかい後押しで、私の俳句が始まった。

令和五年十二月

辻　憲

著者略歴

辻　憲（つじ・けん）

1946年10月　東京都墨田区に生まれる
余白句会会員
日本美術家連盟会員

現住所
〒131-0033　東京都墨田区向島5-45-3

辻　憲句集　つじけんくしゅう

二〇二四年三月三日　初版発行

著　者——辻　憲

発行人——山岡喜美子

発行所——ふらんす堂

〒182-0002 東京都調布市仙川町一―一五―三八―二F

電　話——〇三（三三二六）九〇六一　FAX〇三（三三二六）六九一九

ホームページ https://furansudo.com/　E-mail info@furansudo.com

振　替——〇〇一七〇―一―一八四一七三

装　幀——和　兎

印刷所——三修紙工㈱

製本所——三修紙工㈱

定　価——本体二二〇〇円＋税

ISBN978-4-7814-1638-0　C0092　¥2200E